... und Bücher haben mich ermutigt ...

Ein Lese-Reigen

Hersteller & Verlag: BoD – Books on Demand, Norderstedt
Herausgeber: Annette Glanzer-Fischer & Martina Fischl-Radakovits
Eigentümer: Arbeitsgemeinschaft Zweiter Bildungsweg, Brünnerstraße 72, 1210 Wien
Layout: Martina Fischl-Radakovits
Cover: Annette Glanzer-Fischer

Alle Rechte vorbehalten. 1. Auflage 2015.

ISBN: 9783734797200

… und Bücher haben mich ermutigt …

Ein Lese-Reigen

Anthologie – 14 Wettbewerbsbeiträge des dritten
Literaturwettbewerbs am Abendgymnasium Wien

Herausgegeben von
Annette Glanzer-Fischer & Martina Fischl-Radakovits

Inhaltsverzeichnis

Vorwort   4

1. **Key Bindings**
   Claudia Adebayo   6
2. **Wie die Wellen des Ozeans**
   Katharina Brunnbauer   9
3. **Bad Choices**
   Thomas T. Eden   14
4. **Mit Büchern kann ich aus der Wirklichkeit fliehen**
   Marina Jackl   20
5. **Frühling**
   Thomas Karner   25
6. **Ich bin M**
   Regina Lackner   30
7. **Ewige Suche**
   Katharina Lind   33
8. **Mit Büchern bin ich aus der Wirklichkeit geflohen**
   Christina Maserei   35
9. **Fragmente einer Wahrheit**
   Maria Modl   37
10. **Bücherfluchten, tief in der Vergangenheit**
    Loonyplanet   43
11. **Mit Büchern bin ich aus der Wirklichkeit geflohen**
    Roman Ofner   46
12. **Die Unsichtbare**
    Michael Sammt   51
13. **Magenta und Grün**
    Tabea Söregi   55
14. **Meinungsrede Lesen**
    Moritz Wondratsch   59

Nachwort   62

Vorwort

„Mit Büchern bin ich aus der Wirklichkeit geflohen; mit Büchern bin ich in sie zurückgekehrt. Ich habe, lesend, meine Umgebung vergessen, um die Umgebungen anderer zu erkunden. Auf Sätzen bin ich durch Zeiten gereist und rund um die Erde. Bücher haben mir Angst gemacht, und Bücher haben mich ermutigt."

(Peter Härtling, zit. n. Peter Härtling. Mein Lesebuch. Cover-Text, Fischer TB Nr. 2198)

Das war das Thema des Literaturwettbewerbes 2015 am Abendgymnasium Wien, der vom 15. März bis zum 30. April für an der Schule Inskribierte und für unsere Absolventen stattfand. Die Einladung an die Teilnehmer/innen lautete, sich mit einer Erzählung, einer Kurzgeschichte oder mit einer Meinungsrede dem Wettbewerb zu stellen und die Bedeutung, die der Schriftsteller Härtling dem Lesen beimisst, darzulegen. Die Teilnehmer/innen sollten seine Einschätzung anhand eigener Leseerfahrungen verarbeiten und diese Impulse in einen kreativen Text verpacken. Die Textlänge von 1000 Wörtern sollte dabei nicht überschritten werden.

14 wunderbare Beiträge wurden eingereicht und vermitteln ein spannendes Bild vom kreativen sprachlichen Schaffen unserer Studierenden.

Herzlichen Dank an alle Autor/innen für ihre Texte, die wir nun in diesem Band für Sie zusammengestellt haben.

Jede/r der Teilnehmer/innen erhält eine Urkunde und ein detailliertes Feedback zur eingereichten Arbeit. Die Plätze eins bis drei werden mit 100, 60 und 40 Euro Preisgeld ausgezeichnet. Wir behalten uns das Recht vor, eindeutige Rechtschreib-, Grammatik- und Interpunktionsfehler nach den Regeln der neuen Rechtschreibung zu korrigieren. Eigenwillige Schreibweisen wie zum Beispiel durchgehende Kleinschreibung oder wörtliche Rede ohne Anführungszeichen werden beibehalten.

Die Preisträger werden Ende Mai bekanntgegeben.

Annette Glanzer-Fischer & Martina Fischl-Radakovits

Key Bindings

Claudia Adebayo

Ich schaue auf das Wort, das letzte Wort von so vielen. Ich blicke auf und bin traurig. Traurig darüber, dass das Buch zu Ende ist, dass alle Worte gelesen sind. Traurig darüber, dass nicht ich die Heldin bin, sondern nur eine Beobachterin, die sich zu sehr der Seele der Figur angenähert hat.

Doch ich bin zurück in meiner Gegenwart, der ich doch so gerne entflohen wäre. In meinem eigenen Gefängnis der Gedanken und Gefühle. Ich bin eine Gefangene, in mir und außerhalb. Ich kann nicht davonlaufen, nicht vor mir und nicht vor den anderen. Doch ich versinke in die Tiefe der Bücher, der Sätze, der Wörter, die Bilder malen, Emotionen hoch holen. Manchmal gelingt es ihnen, meine Seele zu beruhigen, ihr Trost und Wärme zu geben. Das Gefühl der scheinbaren Geborgenheit zu vermitteln. Ich blicke hoch zu den Regalen, wo sie stehen. Sie, die Freunde meiner Vergangenheit, Gegenwart und Zukunft.

Die Geschichten, die ich liebe. Dieses Buch mit dem schwarzen Einband, „Die kleine Hexe", ich liebe es. Ich wünschte ich könnte auch fliegen, mich einfach auf einen Besen setzen, das Fenster öffnen und fliegen. Die Stadt, das Land von oben sehen. Die Lichter in der Nacht.

Frei sein. Nur nicht da sein, wo Schmerz, Verletzung, Blut, Trauer und Wut herrschen. Was sehe ich noch? Hier „Die drei Stanisläuse". Vater, Sohn und Großvater, die auf Reise gehen, zusammen, die die Möglichkeit haben, durch ihr Fernglas die Geschehnisse nah oder fern sein zu lassen. Ich glaube, ich würde das Fernglas nur verkehrt halten. Das Geschehen weit weg schicken. Nicht involviert sein. Doch ich kann nur aussteigen, wenn ich nicht die Möglichkeit habe, in die Bücher zu fliehen, aussteigen aus mir selbst, um einfach nicht fühlen zu müssen.

Ich will nicht mehr fühlen. Ich will die Identität meiner Bücherfreunde annehmen.

Dort eines meiner Lieblingsbücher. „Ich habe dir nie einen Rosengarten versprochen." Ich kann mich mit dem Mädchen identifizieren, ihrer Flucht in ihre Anderswelt. Ihre Angst, von dort zurück zu kommen. Ich beneide sie um die Person, die ihr hilft, den Weg zurück zu finden. Langsam und behutsam. Wie gerne hätte ich diese auch. Eine Person, der ich vertrauen kann, die mich herausholt aus meiner Hölle. Die neben mir steht, mir behutsam die Klinge aus der Hand nimmt, wenn ich wieder die Stimmen in meinen Kopf höre, die mir befehlen, es zu tun. Sie wollen einfach Blut sehen.

Ich liebe es, ein Buch zu lesen zu beginnen. Es ist eine Reise, eine Reise in das Unbekannte. Die ersten Wörter, die zu einem sprechen. Die einen einladen, weiter einzutreten, sich in ihnen zu verlieren. Ich liebe den

Geruch, das Gefühl, sie in den Händen zu halten. Sich an etwas festhalten zu können. Das letzte Buch zur Seite legend bedanke ich mich im Inneren bei diesem, mir Freude, Abenteuer und neue Erkenntnisse gegeben zu haben.

Nun halte ich ein neues Buch in meinen Händen. Ich frage es leise, ob es mir gestattet, einzudringen in seine Welt, eins zu werden mit ihm, meine Gedanken mit den Seinen zu verbinden.

Claudia Adebayo ist Krankenschwester. Seit Herbst 2013 besucht sie das Abendgymnasium im Rahmen des Fernstudiums. Sie liebt Tiere und Bücher. Kreativität und Schreiben sind ihr sehr wichtig, um sich auszudrücken.

Wie die Wellen des Ozeans

Katharina Brunnbauer

Ich bin so weit weg von mir selbst. Es ist ein bisschen, als wäre ein Ozean in mir – manchmal mit sanften Wellen, die mich in Geborgenheit wiegen und dann in einem Sturm mit Wellen, die mich wild und bedrohlich hin und her schleudern, hart und peitschend. Manchmal zieht es mich in dunkle Tiefen, in denen ich mich nicht zurecht finde und mal ist da ein Strudel, der mich an ein und derselben Stelle festhält, egal wie sehr ich strample. Und dann wieder verschafft es mir eine ungeheure Befriedigung, mich einfach davon oder in die Tiefe treiben zu lassen, ohne mich zu wehren; aber auf eine rebellische, destruktive Art. Manchmal ist es, als würden mich mein innerer Ozean und der Ozean da draußen, das Leben, einfach überfluten. Und manchmal ist der Ozean wie eine Badewanne, bei der man den Stöpsel rauszieht und alles Wasser abfließt. Dann wird alles leer und grau und trostlos weit und ich bin nichts mehr.

Ein kleines Fährboot hatte angelegt und ihr Begleiter, ein etwas älterer Mann als sie, gab ihr die Hand. Sie stieg auf das wankende Schiffchen, das sich sogleich in Bewegung setzte. Die Wellen schlugen peitschend gegen die Bootswand. Mit jedem Meter, den sich die Fähre auf die naturbelassene, unbewohnte kleine Insel zubewegte, hatte sie das Gefühl, freier atmen zu können. Er hatte ihr so oft erzählt von diesem magischen Ort. Sie beugte sich über die Reling und sah, wie sich die Insel wie ein Berg aus dem Ozean vor ihnen erhob.

Immer deutlicher konnte sie die Oberfläche erkennen, die in allen nur möglichen Variationen von Grüntönen zu leuchten schien, durchzogen von den violetten Flecken des Heidekrauts. Obwohl sie nicht besonders hoch war, hatte sie etwas Majestätisches, fast Archaisches.

Die Fahrt dauerte nicht lange und schon bald betraten sie das felsige Ufer dieses grünen Berges. Bepackt mit ihren Rucksäcken stiegen sie eine steile und steinige Anhöhe hinauf, bis der Pfad zu einem Bett aus Gras wurde. Sie zogen sich die Schuhe aus und gingen barfuß weiter. Der weiche Boden war kühl und ein bisschen feucht, ein frisches Gefühl auf der Haut. Mit allen Sinnen sog sie diese Lebendigkeit in sich ein und ließ alle Eindrücke auf sich wirken.

Die einzigen Spuren, die die Menschen, die einst hier gelebt hatten, hinterlassen haben, waren einige graue Steinruinen. Die beiden spielten mit der Geschichte dieser Häuserreste und malten sich aus, wer hier wohl gewohnt habe. In einer Ruine, für die sie sich eine besonders schöne Geschichte ausgedacht hatten, ließen sie ihr Gepäck liegen und setzten ihre Entdeckungsreise fort. Die führte sie als erstes zum Strand, der einen nahezu weißen Streifen bildete und das Tiefblau des Meeres und das satte Grün der Wiesen noch schöner zur Geltung brachte.

Die junge Frau zog ihre Sachen aus und lief ins kalte Nass. Splitternackt und zitternd stand sie nun in den fast zahmen Wellen und begann zu singen. Wie er ihr gesagt hatte, tauchten nur wenige Meter vor ihr ein paar winzige Köpfchen auf, kamen die Robben näher, um ihrem Gesang zu lauschen. Fasziniert betrachtete sie die spitzen Nasen und die großen Augen. Bald wurde es ihr jedoch zu kalt und sie lief zurück ins Trockene. Er wartete schon mit einem großen bunten Tuch auf sie und hüllte sie ein. Zusammen gingen sie zurück zu „ihrer" Ruine. Ihr Puls raste und sie spürte, wie ihr Körper sich anstrengte, um sich wieder aufzuwärmen.

Er machte ein Feuer und sie kochten Brokkoli und Nudeln in einer kleinen Metallkanne. Obwohl es so ein einfaches und bescheidenes Essen war, hatten sie schon lange nicht mehr mit so viel Genuss gegessen. Zufrieden hüllten sich die beiden dann in ihre Schlafsäcke und legten sich inmitten der Steinruine ins Gras. Mittlerweile war es dunkel geworden und sie schauten in den tiefschwarzen Himmel. Es war eine sternenklare Nacht. Wie sie da so lagen und diese Selbstverständlichkeiten der Natur bewunderten, liefen ihr plötzlich die Tränen über die Wangen. Tränen der Rührung über die Schönheit dieses Ortes. Vielleicht auch Tränen der Rührung über die Geschichten all der Menschen, die schon einmal hier waren oder die noch kommen würden und die diese Insel jedem zu erzählen schien, dessen Herz und Ohren dafür offen waren.

Gerade, als sie diesen Gedanken fertig gedacht hatte, sah sie zum ersten Mal in ihrem Leben eine Sternschnuppe und sie jauchzte vor Freude wie ein kleines Kind. Dieser einen folgten noch zehn oder fünfzehn weitere. Er nahm ihre Hand und gebannt blickten sie nach oben. Schließlich drehte er den Kopf zu ihr und schaute sie mit einer Sanftheit und Tiefe an, die ihr Herz höher schlagen ließen. Er kam näher und seine Lippen berührten ganz sanft, ja, fast schüchtern die ihren, wie es perfekt war für einen ersten Kuss. Durch ihre geschlossenen Lider traten neuerlich Tränen. Diesmal, weil sie spürte, dass sie selbst Teil dieser großen Schönheit, dieses großen Wunders war und dass dieses Wunder Teil von ihr war. Mit tiefer Dankbarkeit schlief sie ein.

Seine sanfte Stimme weckte sie. Sie öffnete mühevoll die Augen und grelles Licht blendete sie. Langsam gewöhnte sie sich an die Helligkeit und konnte nach und nach seine Konturen ausmachen. Er saß auf einem Stuhl neben ihrem Bett und hatte ein Buch in der Hand, aus dem er ihr vorlas. Sie erkannte es sofort als jenes über die Geschichtenerzählerin, die auf einer Insel vor der Westküste Irlands gelebt hatte.

Er hatte ihr nicht nur die Vertrautheit des Klanges seiner Stimme geschenkt und ihr zur Flucht in fremde Welten, in schöne Erinnerungen und an wunderbare Orte verholfen. Sie hatte in diesen anderen Welten auch ein Stück von sich selbst, ein Stück Wunder, ein Stück Heimat wiedergefunden.

Dankbar schaute sie ihn an und sein Blick war wie früher, so liebevoll und warm. Aber es lag auch eine tiefe Traurigkeit in seinen Augen. Jetzt sah sie den Zettel, den er in der anderen Hand fest umklammert hielt. Der Zettel, auf den sie selbst geschrieben hatte. Den sie sorgfältig platziert hatte, bevor sie endlich nichts mehr sein musste.

Katharina Brunnbauer *wurde 1992 in Linz geboren. Seit 2011 wohnt die Diplomkrankenschwester in Wien, wo sie neben dem Abendgymnasium eine Intensivausbildung in visueller Kommunikation und Österreichischer Gebärdensprache, die auf Fachpersonal aus dem Sozialbereich zugeschnitten ist, absolviert.*

Bad Choices

Thomas T. Eden

Obwohl der Drache über ihn kam, konnte Elon die winzige Chance nutzen und stieß mit seinem Speer in die ungeschützte Stelle des Drachen. Er durchbohrte sein Herz und der markerschütternde Schrei der Kreatur erstarb in einem leisen Gurgeln. Elon wuchtete sich mühsam hoch und atmete mehrmals tief ein und aus. Die kalte Luft brannte in seiner Lunge, als wären es Millionen von Nadelstichen. Das leise Wimmern ließ ihn wieder zu sich kommen und er eilte hastig in den hinteren Teil der Höhle. Dort kauerte seine Tochter mit angsterfülltem Gesicht und zitterte ob der grimmigen Kälte. Eisdrachen waren mit ihrem Kältehauch mindestens so tödlich wie ihre Vettern, die Feuerdrachen.

„Wir müssen so schnell wie möglich hier weg", raunte Elon seiner Tochter Ranya zu.

„Der Drache war noch ein Jungtier und seine Mutter wird wirklich wütend sein. Sie wird Jagd auf uns machen", seufzte er mit Blick auf den leblosen Körper der Bestie.

„Ja, Vater, aber mein Bein tut so weh, ich kann kaum auftreten", stöhnte Ranya.

Elon sah auf ihr Bein herab. Es sah übel aus, aber darum konnten sie sich jetzt nicht kümmern. Im Dorf würden sie es schon wieder hinbekommen.

„Egal, los Beeilung, Mama wird schon bald zurück sein. Drachenmütter verlassen die Jungtiere nur für kurze Zeit", trieb er sie an und wandte sich zum Ausgang der Höhle zu.

„Markus, halte deinen Arm ruhig", forderte die Krankenschwester ihn auf und unterbrach damit seinen Lesefluss. Jedoch musste er ohnehin aufhören. Dies war die letzte Chemo und jetzt würden er und seine Mutter das wirklich wichtige Gespräch mit seinem Arzt haben, vor dem es Markus so sehr graute.

Die Luft war fast unangenehm kühl und die steinerne Mine des Arztes, dessen Name Doktor Angst war, sprach Bände und Markus verspürte eine stetig steigende, innere Unruhe. Auch seine Mutter fühlte die Anspannung und streichelte mit einem aufmunternden Lächeln seinen Arm.

„Also Markus", begann Dr. Angst ohne lange Umschweife, „wir sind nun an einem Scheideweg angekommen. Ich werde dir nun unsere zwei Optionen erläutern und du wirst dich dann für eine entscheiden müssen.

Dein Tumor ist sehr aggressiv, aber dank der Chemotherapie zurückgegangen. Doch nun müssen wir den Tatsachen ins Auge blicken. Entweder wir versuchen eine neue, wieder sehr schmerzhafte Therapie mit Bestrahlung und hoffen, dass der Tumor verschwindet, oder ... " zögerte Doktor Angst.

„Oder?" antwortete Markus mit zittriger Stimme.

„Oder wir operieren jetzt. Der Tumor ist aktuell operabel, dann wärst du geheilt. Denn wenn die Chemo nicht anschlägt und der Tumor ausstrahlt, dann wirst du in wenigen Monaten sterben", erklärte ihm der Arzt trocken.

„Nun, Herr Doktor, dann brauchen wir wohl nicht weiter nachzudenken", viel ihm seine Mutter hoffnungsvoll ins Wort.

„So leicht ist es leider nicht. Sie haben vergessen, der Tumor umschließt das Rückenmark. Im Zuge der Operation müssten wir einen Teil entfernen. Markus wäre also von da an querschnittsgelähmt", sprach der Arzt.

Markus fühlte sich betäubt. Er dachte an Elon, den tapferen Drachenkrieger und nahm wie automatisch sein Buch und begann zu lesen, als ob es dieses Gespräch gerade nicht gab.

Auch auf der Heimfahrt war er in sein Buch fast hypnotisch vertieft und hatte damit auch keine Zeit sich dem Problem zu stellen. Dies war ein angenehmer Nebeneffekt. Er bemerkte nicht einmal, wie die Sorgenfalten seiner Mutter immer tiefer wurden und ob der Angst um ihn, all die Farbe aus ihrem Gesicht gewichen war.

„Wir müssen durch den Blutwald mein Kind", ermahnte Elon, „nur dort kann der Drache uns nicht sofort finden

und angreifen. Den Wald zu umgehen, würde uns ihrer Wut ausliefern."

"Vater, die Wesen in diesem Wald sind mindestens ebenso gefährlich", widersprach Ranya energisch.

"Manchmal steht man im Leben vor zwei schlechten Möglichkeiten, aber entscheiden muss man sich trotzdem" wiegelte ihr Vater ab. "Wir gehen durch den Wald. Ich trage dich, wir werden es in wenigen Stunden zum Dorf schaffen."

"Ich habe einfach Angst und ich spüre, wie sich das Gift in meinem Bein ausbreitet" wimmerte Ranya.

"Das verstehe ich, aber Angst, das ist nur ein Gedanke, die dein Verstand produziert. Sie ist nicht real. Missverstehe mich nicht, die Gefahr selbst ist sehr echt, aber sich zu fürchten ist eine Entscheidung, die man trifft", entgegnete Elon bestimmt.

Ohne weiter auf ihren Protest zu achten, hob er sie hoch und rannte in den Wald. Hinter ihnen ertönte ein hasserfüllter Schrei. Der Schrei einer Drachenmutter, der ihr Kind genommen wurde.

Markus schloss das Buch. Tränen bahnten sich ihren Weg von seinen Augen, über seine Wangen und tropften auf das Buch. Er war zornig, traurig und fühlte eine dumpfe Leere in sich.

Warum ich, dachte er sich. Ich will doch nur leben. Gesund, auf zwei Beinen.

Ihm war bewusst, er würde ohne diese Operation wohl dem Tod näher sein, als der Genesung. Er hatte Angst vor einer neuerlichen, sehr schmerzhaften und zermürbenden Behandlung. Er hatte Angst vor dem Tumor aber auch vor einem Leben im Rollstuhl.

„Was würde Elon ihm wohl raten?" fragte er sich, würde er lieber ein Toter mit zwei gesunden Beinen sein oder ein Lebender mit zwei toten Beinen. Sollte man einfach kampflos aufgeben? Dem Krebs diesen Triumph gönnen?

Wütend schleuderte er das Buch in die andere Ecke seines Zimmers. Markus wischte sich trotzig die Tränen weg und sagte zu sich selbst: „Ich schaffe noch eine Chemo und werde dann gehend aus der Klinik kommen. Meine Beine kriegst du verdammter Krebs nicht!"

Da vernahm er das leise Weinen seiner Mutter. Sie hatte ihn zu nichts gedrängt, Markus nicht etwa angefleht, die Operation zu machen. Genau in diesem Moment wusste er, welche Entscheidung er zu treffen hatte. Es war nicht nur seine Zukunft, denn seine Mutter würde ebenso leiden, selbst wenn es nicht um ihr eigenes Leben ging. Schließlich war er ihr einziges Kind.

Zaghaft betrat er ihr Schlafzimmer.

„Mama, denkst du, es gibt Rollstühle mit Drachenschuppenmuster?", fragte er sie mit hoffnungsvoller Stimme.

„Ganz bestimmt mein Liebling, und wenn ich sie selbst zeichnen muss", rief sie erfreut und umarmte ihren Sohn. „Dann teilen wir gleich morgen dem Arzt deine Entscheidung mit!"

***Thomas T. Eden** ist verheiratet und zweifacher Vater. Er arbeitet bei der Berufsfeuerwehr Wien und seine große Leidenschaft gilt Büchern und Sprachen. Er ist Studierender am Abendgymnasium Wien.*

Mit Büchern kann ich aus der Wirklichkeit fliehen

Marina Jackl

"Mit Büchern bin ich aus der Wirklichkeit geflohen; mit Büchern bin ich in sie zurückgekehrt. Ich habe, lesend, meine Umgebung vergessen, um die Umgebungen anderer zu erkunden. Auf Sätzen bin ich durch Zeiten gereist, rund um die Erde. Bücher haben mir Angst gemacht und Bücher haben mich ermutigt."

Mit diesen Worten beschreibt Peter Härtling in seinem Buch „Mein Lesen", welche Bedeutung Lesen, Bücher und Buchstaben für ihn haben. Ich habe das Buch von Peter Härtling nie gelesen, aber seine Worte sprechen mir aus der Seele. Ein Buch ist wie ein Schloss, dessen Buchstaben die Grundsteine der Mauern sind, eingerichtet mit Phantasie, eingebettet und gebunden in Rosenblüten, die das Tor als erste Seite öffnet und jeder Mensch gibt dem Schloss ein eigenes Märchen und besitzt einen eigenen Schlüssel. Hinter jeder Türe in diesem Schloss befindet sich ein Raum, hinter dem sich Phantasie verbirgt, in die man eintreten kann. Das Schloss kann eine Ruine sein oder auch ein Märchenschloss, je nachdem, in welche Welt man eintritt. Der Zauber, der davon ausgeht, ist, Menschen zum Träumen zu bewegen. So ergibt ein Buch tausend Geschichten, jede auf ihre eigene Art.

Buchstaben können unterschiedlich ausgelegt werden und manchmal ist das Buch das Spiegelbild des Autors und so dringt man in sein Leben ein, vergisst sein eigenes. Oft flüchtet man sich durch Bücher in eine Traumwelt, die man so nicht leben könnte oder die man sich sehnlichst wünscht oder man spielt sogar die Hauptrolle, eine Rolle, die man im wahren Leben nie erreichen würde.

Man darf die Realität nicht aus den Augen verlieren, doch in Büchern darf man das. Dort gibt es keine Grenzen oder Regeln. Vielleicht flüchten deshalb viele Menschen in Bücher, weil die Realität, das wahre Leben, zu viele Grenzen und Regeln aufzeigt. Man liest ein Buch, sieht danach den Film und ist enttäuscht entweder vom einen oder vom anderen. Da man das Buch zuerst gelesen und sich seine eigene Phantasie aufgebaut hat, werden die eigenen Vorstellungen vom Film zunichte gemacht, da der eigene „Film" anders gestaltet gewesen wäre.

Sobald ich als kleines Kind die ersten Buchstaben wahrnahm, verschlang ich Bücher. Da ich auf einem Bauernhof aufwuchs und es immer viel zu tun gab, war meine Mutter darauf bedacht, dass wir uns kreativ beschäftigten, anstatt vor dem Fernseher zu sitzen. Ich saß oft auf einem Baum, sah ins Tal und stellte mir eine Welt vor, wie sie nach meinem Geschmack sein sollte. Dann kam die Zeit, wo mich Bücher in ihren Bann zogen.

Ausschlaggebend für den Willen zum Lesen und auch zum Schreiben war meine Oma, denn sie war ihr Leben lang Analphabetin und ich bewunderte sie, wie sie sich dennoch selbstständig durch das Leben schlug und viele Hürden meisterte.

Wie sehr hat sich doch alles verändert, als die Pubertät kam und es mich in die große Stadt zog. Stress, Verpflichtungen und Arbeit übernahmen meine Zeit und ließen mir keinen Raum mehr, Bücher in meinem Leben zu haben.

Mit dem Alter erkannte ich, dass mich vor allem Bücher mit Realitätsbezug am meisten fesselten, „Die Wüstenblume", „Sabbatina" oder „Keine Zeit für Siza", Geschichten über wahre Geschehnisse von Frauen überall auf der Welt und ihren Leiden. Durch diese Bücher habe ich nicht nur fremde Traditionen und Religionen erforscht, sondern bin auch durch fremde Länder gereist, geleitet von meinen eigenen Vorstellungen in meiner Phantasie.

Nun gibt es das elektronische Buch, doch ist es das gleiche Gefühl? Welche Emotionen kommen in uns hoch, wenn wir ein altes Buch in der Hand haben, dessen Seiten so richtig nach Geschichte und Vergangenheit riechen? Können Ipad, E-Book, Handy oder Laptop das je ersetzen? Der Geruch eines alten Buches erzählt schon durch das Anfassen, daran Riechen und durch das erstmalige Öffnen Geschichte. Es erzählt Vergangenheit.

Das letzte Buch, welches ich privat und freiwillig gelesen habe, bekam ich 2012 von meinem Vater zu Weihnachten geschenkt. Es war eines der wenigen Dinge, die mein Vater für einen von uns selbst gekauft hatte. Doch dann wurde mein Vater schwer krank und als ich die letzte Nacht vor seinem Tode bei ihm im Krankenhaus verbrachte und dieses Buch zur Hand nahm, musste ich es nach einer Seite weglegen. Mein Vater starb am nächsten Tag, es ist nun zwei Jahre her, in meinen und Mamas Armen und seitdem konnte ich dieses Buch nicht mehr anfassen. Ich habe es im Regal stehen und wenn ich es in meinem Blickfeld habe, spüre ich weder ein Verlangen, noch Neugierde, es macht mich traurig und ich wende den Blick ab.

Ich habe erst an dieser Schule wieder ein Buch in die Hand genommen, obwohl ich das Gefühl des Lesens vermisst hatte. Vielleicht lag es daran, dass dieses „Eine-Seite-Lesen" am Todesbett meines Vaters mir Schuldgefühle einbrachte. Das Buch heißt „Ein Moment fürs Leben". Als mir dieser Titel erst bewusst ins Auge stach, war ich schockiert und unendlich traurig zugleich. Wie oft im Leben habe ich die falschen Entscheidungen getroffen, falsche Prioritäten gesetzt und gedacht, man könne alles wieder gut machen und „flicken". Alleine diese vier Wörter lösen Gefühle in mir aus, die sich nicht beschreiben lassen. Und gerade deshalb überwiegt die Angst, es zu lesen.

Der Bezug zum Lesen hat sich für mich seit diesem Tag geändert. Natürlich musste ich mich mit Büchern schon alleine der Schule wegen wieder auseinandersetzen, was mir anfangs schwer fiel. Es könnte in jedem Buch etwas verborgen sein, das mich konfrontiert. Vielleicht hatte auch Härtling solche oder ähnliche Erfahrungen gemacht und deshalb beschreibt er, dass ihm Bücher Angst gemacht haben.

Eines Tages, wenn ich mit mir inneren Frieden geschlossen und den Mut habe, werde ich das Buch meines Vaters öffnen, die ersten Seiten als Hürde überwinden und es zu Ende lesen. Vielleicht verbirgt sich dahinter etwas Kostbares, verpackt in ein paar Buchstaben, die mir sehr viel sagen werden. Und meine Phantasie kann wieder zum Leben erwachen. Ich werde meinen Schlüssel nehmen, die Dornen der Rosen, die mir Wunden zufügen werden, in Kauf nehmen, das Tor öffnen und den Weg in mein Schloss wagen, um die vielen Räume der Kapitel zu erforschen.

Ich würde gerne mit diesem Buch aus der Wirklichkeit fliehen, in der Hoffnung darin zu finden, was ich in der Wirklichkeit nicht finde. Was es ist? Das weiß ich erst, wenn ich es gefunden habe - vergraben hinter den Mauern meines Schlosses, in meiner eigenen Welt. Vielleicht öffne ich mein Schloss auch einmal anderen Menschen, um sie in meine Welt blicken zu lassen und vielleicht wird dadurch wieder ein neues Schloss gebaut. „Sapere Aude" (Habe Mut), wie Immanuel Kant schon sagte!

Die 34-Jährige **Marina Jackl** *aus Kärnten zog es schon mit 18 Jahren nach Wien. Nun möchte sie durch die Abendschule zu ihrem lang ersehnten Ziel gelangen, die Matura. Viele Worte und Bücher haben sie bisher begleitet und werden es weiterhin tun!*

Frühling

Thomas Karner

Nikolá saß in einem kahlen Raum mit gräulichen Betonwänden, der nur durch das flackernde Licht einer Neonröhre erhellt wurde. Auf dem Schreibtisch lagen unleserlich gekritzelte, teilweise zerknüllte Notizen und schlecht belichtete Fotos verstreut, etwas abseits von dem Chaos thronte eine Kamera, mit abgegriffenen Lederband und mehreren Dellen, im vom langjährigen Gebrauch gezeichneten Metallgehäuse. Die dunklen Augenringe, eine Trophäe, der durchgearbeiteten Nacht, hatten tiefe Furchen in ihr ansonsten junges Gesicht gegraben. Sie tippte unaufhörlich mit emsigen Fingern, die wie die Hände eines Konzertpianisten über das Klavier glitten. Zeile um Zeile auf ihrer Schreibmaschine. Ein Stück Deckenverputz, das ihr auf den Kopf fiel, riss sie aus ihrem Trance-ähnlichen Zustand. Verdutzt blickte sie nach oben und sah, dass neben dem klaffenden Loch, das der herunterbröckelnde Verputz hinterlassen hatte, die Neonröhre hin und her schwankte. Nicht mehr auf ihre Arbeit konzentriert, nahm sie nun auch ein leises Scheppern und Grollen war, das gedämpft durch die massiven Wände von draußen zu kommen schien. Aus ihrem abgesessenen Holzstuhl aufspringend, schnappte sie die Kamera, eilte zur eisernen Feuerschutztür auf der ein Literární noviny Plakat hing, öffnete sie und sprintete zwei Stufen auf einmal nehmend, die abgetretene Kellertreppe hinauf. Sie bog nach links ab, lief weiter, durch die geöffnet stehende leicht rostige Eingangstür und blieb abrupt auf dem Gehsteig stehen. An das künstliche Licht der Neonröhre gewöhnt und übernächtig und geblendet von den ersten Sonnenstrahlen des noch anbrechenden Tages, kniff sie die Augen zusammen. Für einen Moment ihres Augenlichts beraubt, hörte sie das Grollen und Scheppern noch lauter und deutlicher. Jetzt konnte sie auch die Richtung, aus der der Lärm kam, zuordnen. Nachdem sich ihre Augen an das Sonnenlicht gewöhnt hatten, schaute sie die Straße hinauf, die über einen kleinen Hügel aus der Stadt hinausführte. Aus der Ferne sah sie einen älteren zerzausten Mann mit einem bläulich grau vergilbten Bademantel auf dem Hügel stehen, der Mantel leicht im Wind flatternd, der stadtauswärts starrte. Das war die Richtung, aus der die Geräusche kamen. Andere Leute strömten, griesgrämig dreinblickend, früher geweckt als erwünscht, aus den umliegenden Plattenbauten um herauszufinden, was sie ihres wohlverdienten Schlafes beraubt hatte. Noch schlaftrunken, begannen diese stadtauswärts zu trotten.

Auch Nikolá machte sich, die Kamera am abgenützten Lederband um den Hals baumelnd, laufender Weise auf, sich einen Weg durch die noch immer aus den Bauten strömende, dichter werdende Menschenmenge in Richtung der Quelle des frühmorgendlichen Ungemachs zu bahnen.

Während sie sich schnellen Schrittes dem Hügel näherte, schnappte sie Gesprächsfetzen der Menschen auf, die sie überholte: „Was soll der verdammte Lärm zu so früher Stund? - Wissen' s was los ist? – Nein, das ist doch nicht normal! – Wie soll man da in Ruhe schlafen?" Viele Menschen hatte sie hinter sich gelassen, aber einige, die in näher gelegenen Bauten der Betonwüste an der Stadtgrenze wohnten, standen schon auf der Erhebung des Hügels und starrten, wie der alte zerzauste Mann, dessen gräulich weißen ungekämmten Haare sich leicht im Takt der Morgenbrise bewegten, den Hügel hinunter. 100 Meter trennten Nikolá noch von ihnen. Sie wischte sich den salzigen Schweiß, mit dem zerknitterten Ärmel ihrer weißen Bluse von der Stirn, während sie weiter den, wie sie nun aus der Nähe sah, wild gestikulierenden Menschen entgegen eilte. Kurz von der Müdigkeit überwältigt, wurde ihr schwarz vor Augen, sie stolperte und rempelte einen Mann an, der links von ihr ging, fing sich im Fall, murmelte außer Atem ein: „Tschuldigung" und rannte weiter.

Das Scheppern und Grollen wurde immer lauter, umso näher sie der Stadtgrenze und Menschentraube kam, nun gesellte sich auch noch ein tiefes Brummen zu der ungeordneten Symphonie des Krachs. Wenige Meter trennten Nikolá noch von der Stadtgrenze und der Möglichkeit, vom Hügel einen Blick auf die umliegende Gegend zu erhaschen. Sie hörte auch schon einzelne Gesprächsschnipsel der ihr mit dem Rücken zugewandt stehenden Menschen, die vorher von dem ohrenbetäubenden Lärmpegel, der ihr auch schon in den Ohren schmerzte, aus der Ferne übertönt worden waren. „Das kann doch nicht sein …" jammerte einer mit rauher gebrochener Stimme. „Was sollen wir nur tun? Die sollen uns in Frieden lassen …" sagte eine schluchzende Frau. „Unser socialismus s lidskou tváří, ist ihnen ein Dorn im Auge ... - Dubček wird sicher zum Widerstand aufrufen ... ", zeterte ein anderer.

Oben angekommen, trennten sie nur noch die nun dicht stehenden Menschen, die sie um mindestens einen Kopf überragten, davon einen Blick auf das umliegende Gebiet werfen zu können. Nikolá stellte sich auf die Zehenspitzen, aber es half nichts, sie war zu klein. Nach Luft ringend, drängte sie sich durch die Menschenmenge: „Tschuldigung – Tut mir leid! - Darf ich hier durch?" Widerwillig ließen die wild schnatternden Menschen sie durch. Eine Frau, an der sie sich vorbei zwängte, kratzte Nikolá mit einem Nagel ihrer aufgeregt herumfuchtelnden Hände an der Wange.

Jetzt konnte Nikolá auch sehen, woher der Krach kam. Sie wurde blass vor Schreck, begann zu zittern, als ob sie fröstelte. Nicht einmal einen halben Kilometer vor der Stadtgrenze sah sie einen Konvoi von grünbraunen Panzern, die sich der Stadt, begleitet von einer Staubwolke und Fußsoldaten auf Truppentransportwagen mit russischem Kennzeichen, wie eine brechende Welle am Strand, näherten.

Wie betäubt stand sie da, überwältigt von der Angst, dem dröhnenden Lärm und der Nervosität, der um sie stehenden pulsierenden Menschentraube, die drängte, schubste, jammerte und weinte. Vergingen Minuten wie Sekunden.

Sie schüttelte die Schockstarre ab, nachdem der erste Panzer des Konvois den Hügel und die ungläubig dastehende aufgeregte Ansammlung an Menschen erreicht hatte. Das Adrenalin schoss durch ihren übermüdeten Körper, Soldaten sprangen von den Truppentransportern, Kommandeure schrien Befehle, die Soldaten stießen die Menschen unsanft zur Seite, um sich einen Weg in die Stadt zu bahnen. Nikolá sah wie der ältere Mann mit den zerzausten Haaren eine Watsche von einem russischen Soldaten erhielt und sich wimmernd zusammenkrümmte. Sie nahm ihre am Lederband vom Hals baumelnde Kamera und begann Fotos zu schießen …

Die Tür wurde mit einem heftigen Luftzug aufgerissen. Marina schreckte von ihrem Bett hoch, ihr in einem weißen Schutzeinband eingepacktes Buch schlitterte vom Bett, schlug mit einem lauten Knall auf den frisch polierten Parkettboden auf und blieb dort liegen. Ein junger aufgebrachter Mann stand in der Tür: „Hey Marina, wir waren vor zwei Stunden verabredet! Ich hab viermal versucht dich anzurufen. Jetzt bin ich extra hergefahren und du liegst im Bett und liest! Sag mal geht's noch? Was denkst du dir eigentlich?"

Thomas Karner wurde 1986 in Portland Oregon/USA geboren und wuchs im 23. Bezirk auf. Seit dem Jahr 2012 ist er Studierender des Abendgymnasium Wiens und wird es voraussichtlich am 8. Mai abschließen.

Ich bin M

Regina Lackner

Ich bin M. Ich habe früher nie gerne Bücher gelesen, wozu auch, irgendwie anstrengend, dachte ich. Dabei habe ich einfach nur lange gebraucht, um ein Buch zu finden, das mich wirklich interessiert hat. Wer suchet, der findet, heißt es. Viele haben schon aufgegeben ein Buch zu finden, das sie fesselt, manche haben vielleicht auch noch nicht wirklich damit angefangen, aber – es lohnt sich! Das richtige Buch gefunden zu haben, ist ein wenig so, wie verliebt zu sein, man möchte es die ganze Nacht nicht mehr aus den Händen geben und immer mehr davon erfahren.

Wenn der Blitz besonders eingeschlagen hat, wird man beinahe süchtig danach, liest während des Essens, im Gehen, in jeder freien Minute. Es ist wie ein fortwährender Durst, den du mit jedem gelesenen Satz stillen kannst, während dich die Neugier auf den weiteren Verlauf schon wieder hungrig werden lässt. Hat man erst einmal diese Erfahrung gemacht, wird man bald erkennen, dass man diese fantastische Möglichkeit bis aufs Äußerste zu seinem Vorteil auskosten kann. Wenn du dich als Verlierer fühlst, kann dich ein Buch zum Helden machen. Keiner wird darauf achten, ob du zu dünn geworden bist, du eine Glatze hast oder langzeitarbeitslos bist, es ist egal, ob du dich gerade selbst nicht leiden kannst oder dich keiner leiden mag, du musst dich für nichts rechtfertigen, vor einem Buch sind alle Menschen gleich.

Das ist das, was alle Leser eint und trotzdem – und das ist eigentlich das Wahnsinnige daran, die Geschichte eines Buches existiert so oft und so lange sie gelesen wird, wie eine „never ending story". Zugegeben der Begriff ist abgekupfert, aber so ist es. Die Geschichte wird lebendig und macht dich lebendig, die gelesenen Worte werden zu deinen Gedanken, deine Gedanken erwachen zu Bildern und mit jeder neuen Zeile bist du der Schöpfer einer neuen individuellen Welt. Niemand vor dir und keiner nach dir wird je haargenau dieselben Farbnuancen, Formen, Gestalten, Charaktere, Düfte oder Gefühle lebendig werden lassen.

Deine gelesene Insel im Meer erscheint dir vielleicht in endlosen Sanddünen, dein Ozean schimmert dunkelblau, auf meiner Insel ist der Sand schneeweiß und eben das Meer türkisfarben. Im Wasser tummeln sich bunte Fische, ein Partyboot fährt vorbei, ich habe Riesen-Appetit und schlage mir den Bauch mit Häppchen voll. Ein Buch gibt einem die Möglichkeit, ein Meisterarchitekt zu sein, egal wie unkreativ, fantasielos oder kraftlos man vielleicht gerade ist, es funktioniert trotzdem.

Denke „Apfel" und du siehst einen Apfel, so ist es auch mit einem Buch. Der Autor gibt dir ein Gerüst, erklimmen darfst du es selbst. Es ist ein großartiges Gefühl, sich dessen bewusst zu werden. Ein Buch ist die private Welt des Lesers, du darfst zu jedem werden, der du sein möchtest, werde zur Frau, werde zum Mann, sei arm, sei reich, riskier alles, habe alles, verliere alles, probiere aus, was du möchtest, es gibt keinen Platz an dem du nicht sein kannst.

Ich bin M und ich liebe es, in die fantastischen Welten der Bücher zu reisen, aber es sind nicht nur Träume, die durch Bücher wachsen können, auch Wahrheiten, manchmal bittere, können in die Welt gebracht werden. Man neigt dazu, die tragischen Nachrichten im Fernsehen schon bald wieder zu vergessen. Die Informationen über politische und gesellschaftliche Probleme enden im Verdrängen durch die eigenen Alltagssorgen. Aber ein Buch lässt wichtige Themen nicht enden, sondern gibt Impulse, sie ändern zu können. Eine Schlagzeile gerät oft schnell in Vergessenheit, aber wer vergisst schon ein Buch über den Holocaust. So etwas vergisst man nicht

Ich bin M. Ich denke gerne an die Bücher, die ich schon gelesen habe. Vielleicht schreibe ich selbst auch einmal ein Buch, um nicht vergessen zu werden. Ich denke daran, dass ich morgen wieder zur Therapie muss und ob mir diesmal die Haare ausfallen werden, ich denke daran wieviel mehr ich heute vielleicht wüsste, wieviel mehr Abenteuer ich schon bestritten hätte, wenn ich schon früher mit dem Bücherlesen begonnen hätte. Ich bin M und ich mag Bücher.

Regina Lackner entschied sich vor 15 Jahren für eine Ausbildung an der Wiener Kunstschule. Ihre Brotjobs fand sie immer im Office Bereich diverser Unternehmen. Entgegen des aktuellen Trends ist eine ihrer liebenswerten Eigenschaften die Introvertiertheit. Sie denkt sehr gerne nach und hat die süßeste Tochter der Welt.

Ewige Suche

Katharina Lind

Langsam streichen meine Finger über den Buchrücken. Ich blicke den Verkäufer an. Er erfüllt das Klischee eines Buchhändlers, der kurz vor der Pension steht und noch nie etwas von digitaler Datenverarbeitung gehört hat: weiße Haare , Brille, ein leicht hinkendes Bein und dieser weise Blick, bei dem man das Gefühl bekommt, als ob er in die tiefsten Abgründe der Seele sieht und sie trotzdem nicht verurteilt.

„Und wieviel wollen Sie dafür?"

„Sehen Sie es als Abschiedsgeschenk."

Ich blicke ihn fragend an.

„Liebes, auch wenn Sie nicht wegen ihm hier sind, so haben Sie doch manches mit Ihrem Vater gemeinsam. Der rastlose Blick, die ewige Suche in den Gedanken nach Antworten. Sie werden nicht lange hierbleiben."

Während er spricht, klammern sich meine Finger immer stärker an das Buch. Ich drehe mich um, murmle ein schnelles „Danke für das Buch" und gehe.

Natürlich werde ich nicht lange hierbleiben, wieso sollte ich auch. Den Menschen hier bin ich fremd, genauso wie sie mir, obwohl ich hier aufgewachsen bin. Das einzige, was mich in meiner Kindheit vor dem Wahnsinn bewahrt hat, sind meine Bücher.

Die Geschichten von Hass und Liebe, von heldenhaften Drachenreitern und mystischen Elfen. Immer wieder bin ich eingetaucht in andere Welten, doch irgendwo muss ich den Punkt verpasst haben, aufzutauchen und Luft zu holen. Sie rissen mich mit, die Seiten, die Wörter, jeder Satz.

Niemals wieder werde ich so frei sein, wie in der Zeit, in der meine Gedanken über jede Wolke schweben konnten und ich nie die Sonne aus den Augen verlor. Wo doch mein Blick nun so kalt ist und sich meine Gedanken um die Zukunft drehen und nicht mehr um den Moment.

Ich sitze im Zug, zurück in mein neues Leben und drehe das Buch um: „Ewige Suche", Autor unbekannt. Ich blättere auf und fange an zu lesen.

Katharina Lind ist 18 Jahre alt und besucht erst seit kurzem die Abendschule. Sie schreibt wunderbare Geschichten, denn Sprachen liegen ihr besonders gut.

Mit Büchern bin ich aus der Wirklichkeit geflohen

Christina Maserei

Die Kälte der morschen Holzbank kriecht schon wieder durch meine Kleidung.

Meine Finger sind halb erfroren, das Blättern in deinem Tagebuch wird immer schwerer.

Es ist alles so schwer.

Die Seiten, sie sprechen von Verzweiflung und leeren Tagen.

„Ich fühl mich so verloren", ich hab dich verloren.

Dein Tagebuch.

Ein Notausgang aus dieser Welt.

Ein Sedativum, um es in ihr auszuhalten.

„Sie sehen nicht, dass ich neben ihnen weine, schreie, sterbe, ich tue es für mich allein!"

Allein.

Wir sind alle allein.

Wir waren doch aber zusammen allein.

Weißt du, wie oft ich mich frage, wo du bist?

Deine Handschrift, das bist du.

Die Schrift auf deinem Grabstein nicht.

Gemeißelte Routine von jemandem, der dich nie lachen hörte, der die Schönheit deiner Seele nie kennenlernte, der nicht wusste, dass der Zauber dieser Welt in dir wohnte.

Seit du weg bist.

Ein Augenblick der Freude, der nächste schon wieder in Wehmut.

Wohin entgleitest du mir Leben?

Ich habe es, halte es, halte es aus.

Lasse es gehen, mich gehen.

Gewinne wieder Oberhand, die Zügel sind locker, meine Finger klammen am davongaloppierenden Glück.

__Christina Maserei__ ist 22 Jahre alt und eine gebürtige Steirerin mit Wiener Seele. Hegt große Leidenschaft für Punk Rock, nordenglische Städte und koffeinhaltige Getränke.

Fragmente einer Wahrheit

Maria Modl

„Was tust du hier wirklich?" horchte sie – die Lider krampfhaft geschlossen haltend – tief in ihr Innerstes hinein, beinahe anmutend, auf eine Antwort ihres Solarplexus zu warten.

So sehr sie auch versuchte, Verbindung zu diesem Gefäß ihrer Seele aufzunehmen, dieses Zentrum ihrer Intention, auf das sie sich so gern verlassen wollte, zu orten, dieses sonst so zuverlässig strahlende Harmoniesystem ihres Ichs zu aktivieren – da war nichts. Da war nichts, rein gar nichts, um ihr zweifelndes Unbehagen sanft zu umarmen, ihm Mut zuzusprechen, ihm eine gewisse Leichtigkeit des Seins zumindest vorzugaukeln, um ihm die Chance einer Transformation zu bieten.

Ein Aufgeben gab es nicht in ihrem Ich-bin-Ich-Repertoire. So tastete sie fieberhaft suchend mit einem Höchstmaß an Akribie die entlegensten Winkel des Inneren ihrer äußeren Hülle ab, hoffend auf Botschaften eines Zuspruchs, auf Seelenfaserschmeichler, die Milderung versprechen, die Bestärkung verhießen und die ihr einen Berechtigungsschein für ihre Anwesenheit ausstellten. Da war jedoch absolut überhaupt nichts, was diesen Euphemismusentzug hätte aufhalten können. Ein Nichts jedoch in Hülle und Fülle.

„Das ist der Bauchhirntod", war zumindest ihr Kopf noch in der Lage, zu einer Erkenntnis zu kommen.

Die anderen Hoffungsschwangeren, deren Gesichtsausdrücke eher Anspannung als Hoffnung widerspiegelten, saßen größtenteils stumm – nicht reglos, fast alle stumm und in die Leere starrend – auf den hellgrauen Stühlen, die – wie zum Sesseltanz angeordnet – die bereits vorhandene Enge des sterilen Ganges noch platzsparender wirken ließen.

Von Zeit zu Zeit öffnete sich die eine oder andere Tür, um arbeitsam wirkende Gestalten vorbeihuschen zu lassen; die weiblichen – teils lächelnd, teils bemüht, spätvormittägliche Geschäftigkeit auszustrahlen, meist Kaffee- oder Teetassen in Händen haltend, die männlichen schienen Akten von einem Raum in einen anderen zu befördern.

Letztere waren es eher, die das Zimmer der Schweinberger frequentieren. Jene, deren Gesichtszüge beim Betreten eben dieses Schweinberger'schen Raumes entspannt gewesen waren, hatten diese irgendwo dort drinnen verloren.

Den Wartenden geschenkte Blicke, wechselten abhängig vom jeweils Vorbeitrabenden zwischen verständnisvoller Güte und verständnisloser Abneigung. Zu den jeweiligen Blickbrücken passte auch die dementsprechende Mimik. Leicht linksseitig, schräg nach unten gebeugter Kopf, mit einem sachten Lächeln signalisierte Nähe, wenn nicht sogar Mitleid; erhobenes Haupt mit nach innen gesaugten Wangenmulden und gleichzeitig hinunter hängenden Mundwinkeln, spiegelte Unverständnis gepaart mit Hochmut wider.

Sie hoffte, die Schweinberger gehörte zu Ersteren. 42 Minuten saß sie bereits in der illustren Runde von 13 Gleichgesinnten. Sie fühlte sich nicht wohl. Ein Umstand, der jedoch nichts mit diesem Unwohlfühlort zu tun hatte, vielmehr damit, dass sie sich – sowohl von den Kaffeetassen- und Aktenschleppenden als auch von den anderen Wartenden – angestiert und observiert fühlte. Gedankenkramend kam sie zu dem Schluss, ihr Anderssein dafür verantwortlich zu machen. Trotz perfekter Grundvoraussetzungen, die ihre Anwesenheit bedenkenlos rechtfertigen, fiel sie optisch betrachtet aus dem Rahmen. Dezente Schminke, Ohrgehänge mit dazu passender Halskette – mehr Wind verursachend, als für manchen Sturm benötigt – und zwei Ringe, Modeschmuck, farblich abgestimmt zu den pastellrosa Fingernägeln.

Die Peinlichkeit des nicht enden wollenden Moments zu überbrücken versuchend, griff sie in ihre Handtasche – eine Liebeskind aus fetteren Zeiten, so auf ihrem Schoß positioniert, dass das Markenschild nicht den Anhauch eines Versuchs von Luxus zu entlarven drohte – und kramte ihren Seelentröster heraus. Sich nach wie vor beobachtet fühlend, schlug sie das Buch auf.

Gleichzeitig versuchte sie sich gedanklich an jene Stelle zu hieven, die sie tags zuvor abrupt verlassen hatte müssen, da dieser rücksichtslose Zug sich ihrer entleeren hatte wollen, in irgendeiner Endstation.

Endstation. Zwei Absätze hatte sie nun gelesen, chancenlos, sich auch nur eines Wortes zu erinnern. Leere Blicke, die sich auf eine voll beschriebene Buchseite hefteten, die am liebsten hinter diese Worte kröchen, die sich erhofften, zwischen Zeilen unentdeckt bleiben zu können; quasi als illusorischer Tarnkappeneffekt.

Endstation. Es war kein System im Aufrufen der Namen erkennbar. Wartende, die später gekommen waren, betraten früher das Zimmer der Schweinberger, als andere, die bereits wie einzementiert in die grauen Sitzflächen der Stühle wirkten. Nur ihren Mienen war zu entnehmen, dass sie des Wartens bereits überdrüssig waren. Der Orientale mit dreiköpfigem Familienanhang jedenfalls – spürte sie – würde nicht mehr lange durchhalten. Das unentwegte Husten und Räuspern der Kleinen auf seinem Schoß wirkte sich erkennbar noch negativer auf die Einzementierten aus, als das Warten selbst. Spannung baute sich in der Endstation auf, während sich ihre eigene etwas löste. Sie fühlte sich nicht mehr so sehr im Zentrum des Interesses der anderen stehend.

Etwas gelöster versuchte sie den beiden Absätzen in diesem Buch die Chance zu geben, von ihr verstanden zu werden. Wortfokussiert arbeitete sie daran, sich dem üblichen Genuss hingeben zu können. Doch sie war nicht frei genug. Das Bemühen scheiterte an einem einzigen Wort: ersticken. Warteräume sind unerträgliche Nährböden jeglicher Art von Keimen und Bakterien, pochte es an ihre Schläfen. Nicht nur der Mensch dient als Zwischenwirt, es sind auch die Räume selbst, in denen es so sehr menschelt.

„Nedoschil, Zimmer sieben!", durchdrang eine Stimme die sterile Stille des Raumes. Es war nicht die gewohnte männlich monotone, sondern eine eindeutig als weiblich identifizierte; obwohl wesentlich lauter, härter, bestimmter. Diese Stimme war die Antwort darauf, warum die Aktenschlepper so schwer trugen. Vor ihrem geistigen Auge produzierte dieses intonierte Reibeisen in Form einer Lautsprecherstimme das Bild einer grobknochig-hageren, großgewachsenen Amazone, die in befehlendem Ton sklavenartige, hauptsächlich männliche Aktenträger wie ein Galeerentreiber herumkommandierte. Jene Frau, die kurz zuvor ihrem Sohn durch Zuhalten seines Mundes Stillsein aufgezwungen hatte, stand auf und betrat, den Kleinen hinterher ziehend, das Zimmer der Schweinberger. Die Tür blieb etwas offen dabei. Das Buch beiseite legend, witterte sie ihre Chance, einen Blick in das Zentrum der Endstation zu erheischen, rückte etwas nach rechts, neigte sich noch rechter.

Das war sie nun also, die Schweinberger. Weit entfernt vom peitschenschwingenden Vamp, erblickte sie eine Goldschmuckfanatikerin, die eher mit einer aufgeplusterten Henne – noch dazu mit einem eindeutig als Gexi Tostmann-Tuch identifiziertem Accessoire um den Hals – verglichen werden konnte. Sie atmete durch, war angekommen, vertiefte sich in ihr Buch, las – wirklich lesend – endlich die beiden Absätze, deren Botschaft sie nun endlich erreichte. „Ebner, Zimmer zwei!", vernehmend, nahm sie die Liebeskind Tasche und betrat – ihr Buch fest umklammernd – das Reich der Sozialamtsleiterin namens Schweinberger.

Maria Modl, 50, überzeugte Weinviertlerin, zwei erwachsene Kinder, freiberuflich tätig, schreibt seit ihrem 16. Lebensjahr Gedichte, Kurzgeschichten und Essays. Wahlspruch: Man muss das Unmögliche versuchen, um das Mögliche zu erreichen.

bücherfluchten, tief in der vergangenheit

loonyplanet

ein kleiner autobiographischer rückblick wirft bei mir die frage auf, ob es sein kann, dass bücher meine freunde waren? möglicherweise waren sie es nicht. wer sich in österreich als junge der 70er, als mark twains huckleberry finn gefühlt und sich dementsprechend verhalten hat oder bei jack london mit der idee identifizierte „der starke ist ausschließlich auf sich gestellt am stärksten", liegt falsch.

der nachschub an büchern war eine weitere herausforderung. woher nehmen, was lesen? diesen fragen entkam ich erst dadurch, dass ich bei wildfremden im bus, am see oder wo immer ich sie lesend antraf, versuchte, ihren buchdeckel zu lesen. oft las ich heimlich mit. buchempehlungen wie jerome david salinger und hermann hesse entstanden mitunter aus dem gespräch, nachdem meine unverfrorenheit entdeckt wurde oder weil ich den leser zu seinem in andere welten führenden befragte. illuminatus eins bis drei folgten und krishnamurti wurde zu einer hölle, in die ich in meiner neugier und meinem wissensdurst mehr als bereit war einzusteigen. der versuch, wirklich zuzuhören, aufmerksam zu essen und aufmerksames handeln in mein leben einfließen zu lassen, stempelte mich in jungen jahren zu einem sonderling, einem außenseiter der gesellschaft, der man ohnedies ist, wenn man liest.

von wegen lesen. ich kann mich an eine zeit erinnern,

da musste ich von den erwachsenen nach draußen gedrängt werden, da ich in der stube saß, lag und hockte, während das lärmende unter der sonne am haus vorüberzog. „neben ihm kann eine bombe explodieren, der hört nichts, wenn er liest", ist der satz, der mich begleitete. am schulbeginn konnte ich es nicht erwarten, die neuen bücher zu bekommen und mit besonderer freude las ich das lesebuch nach erhalt desselben in der folgenden woche aus ... eines davon brachte mir rilkes panther. eine unvergessliche entdeckung! einen vorteil hatten die bücher: soweit meine erinnerung reicht, war mir langweile unbekannt.

in klagenfurt, der stadt der traurigen gesichter, war die öffentliche bibliothek keine hilfe, aber zwei buchgeschäfte hatten nichts dagegen, wenn ein junge seine vormittage anstatt in der schule zu sitzen oder nachmittage, gleich nach dem ende des unterrichtes, bei ihnen schmökernd verbrachte. ich stellte die bücher immer zurück, merkte mir die seitenzahl und versuchte sie „jungfräulich zu lesen", ohne knick im rücken. ich kann von mir mit fug und recht behaupten, dass ich fast alle bücher meiner bevorzugten autoren in deutscher ausgabe gelesen habe, denn was in der einen buchhandlung nicht erhältlich beziehungsweise vorrätig war, fand ich in der anderen.

selten kam es vor, dass mir ein buch via lesestoff empfohlen wurde, kleines quiz: welches buch empfiehlt onkel toms hütte? hier erreichte meine geduld und selbst die enorme lesegeschwindigkeit, die ich mir nicht querlesend mittlerweile angeeignet hatte, ihr waterloo. ich gab auf. es war das erste von mittlerweile neun büchern, die ich in meinem leben nicht zu ende lesen werde. „joyce ulysses" und „mailers ", „die nackten und die toten" folgten. häufiges zugreisen führte zur entdeckung der science fiction von perry rodan und dies wiederum zur „drei bücher am tag-regel".

aufgrund äußerer zwänge und der, wie schon oben beschriebenen nachschubregel sowie der auflaufenden kosten, die bei der problematik eines süchtigen entstehen, mit allem dazugehörigen, möge sich der werte leser hierzu seine eigenen gedanken machen.

hier werde ich allzu privates nicht vor seinem geistigen auge ausbreiten. schließlich sollte der mensch verantwortung für seine umwelt tragen. epikur, von dem dieser sinngemäße satz entlehnt ist, wurde auch zum begleiter meines lebens und dem verschulder von so mancher ungemach, da ich seine worte für bare münze nahm und der sogar jetzt, wo ich diese worte zu zeilen forme, mein leben beeinflusst.

bücher haben mich geformt, wie meine eltern den kuchenteig, die umgebung, die der hitze des ofens entspricht. sie waren die germ, ja, der zucker, der den reindling entfaltet, die ingredenzien zu seiner pracht und süße.

„Loonyplanet" ist Studierender am Abendgymnasium Wien. Er wird in Kürze seine letzten Reifeprüfungen ablegen.

Mit Büchern bin ich aus der Wirklichkeit geflohen

Roland Ofner

„Nennt mich Ismael" begrüßte mich **der alte Mann und das Meer** leuchtete dazu goldrot in der Abendsonne, als ich an Bord des Seglers **Effi Briest** ging, um meine **Reise um die Erde in 80 Tagen** anzutreten. „Wenn ich Ihnen nun die anderen Passagiere und die Schiffscrew vorstellen darf ..." fuhr **der Seewolf** fort, während **die Blechtrommel** eines jungen Matrosen die Mannschaft zum Antreten an Deck aufrief. Der Rhythmus erinnerte mich ein wenig an den **Radezkymarsch** während **der Prozess** des Ausrichtens von statten ging. „Sie reisen mit einem erlauchten Kreis adeliger Zeitgenossen ... **König Lear** sowie **König Arthur und die Ritter der Tafelrunde** ... **der Graf von Monte Christo** ... und **der kleine Prinz!**" Artig verbeugte ich mich angesichts solch bedeutender, gekrönter Häupter. „Die weiteren Reisegenossen sind **die Brüder Karamasow** sowie **Mutter Courage und ihre Kinder**. Unter Deck sind bereits **die Physiker** als auch **Dracula** und **Frankenstein** sowie ein junges Paar auf Hochzeitsreise, **Romeo und Julia**, untergebracht, die es vorzogen, ein wenig zu ruhen. **Kabale und Liebe** ... Sie verstehen ...?" fügte er mit einem Augenzwinkern hinzu. „Für ihr Wohlbefinden sorgen sich **Dr. Schiwago, der eingebildete Kranke** ebenso wie **die Elenden** zu heilen vermag. Ihm zur Seite steht sein Kollege **Dr. Faustus**, der Erfahrungen in **Krieg und Frieden** sammeln konnte. Sie sind somit in besten Händen." Wir schlenderten einige Meter weiter und der Kapitän fuhr fort: „**Don Quijote**, unser Küchenchef und seine rechte Hand, **Madame Bovary**. Die Verpflegung ist erstklassig. Das Fleisch stammt von einem Musterbetrieb, der **Farm der Tiere**, und beim Obst und Gemüse müssen Sie auch keine Bedenken haben. Es sind keine **Früchte des Zorns**, die bei uns serviert werden". „Madame Bovary – Das ist also **der Name der Rose**" die mir ein vielversprechendes Lächeln schenkte, dachte ich bei mir. **Das Parfum**, das sie umwehte, sorgte für **Verwirrung der Gefühle** in mir und ich war mir fast gewiss, dass sich **das andere Geschlecht** während dieser Reise nicht nur um meine lukullischen Genüsse kümmern würde, als sie mir zärtlich „Ich habe **ein eigenes Zimmer ...**" ins Ohr flüsterte. Der Kapitän war bereits einige Schritte weitergegangen und stellte mir noch einige Leute vor. „**Der Vorleser** wird uns abends sowohl mit ernsten und mitunter politischen Geschichten über **Rot und Schwarz** als auch seinen fröhlichen **Ansichten eines Clowns** unterhalten. Sein Repertoire reicht für **Tausend und eine Nacht** und ist hörenswert! Und **Pole Poppenspäler** wird uns dazu erstaunliches Theater mit seinen Handpuppen darbieten. Natürlich sind die beiden für Anregungen offen und dankbar, sie bringen alles **was ihr wollt!**" Danach stellte er noch diverses Bootspersonal vor, das sich um verschiedene Bereiche zu kümmern hätte. **Der Herr der Ringe**, wie sie ihn nannten, war gerade beim Überprüfen der Rettungsringe und auch andere wichtige Positionen hatten ihre speziellen Bezeichnungen. So kümmert sich **der Herr der Fliegen** um das Angelzubehör für den auf hoher See geplanten Angelsport. Doch auch banale **08/15**-Tätigkeiten waren fix eingeteilt. „**Der zerbrochene Krug** in der Kombüse ist schon weggeräumt?" ermahnte der Kapitän einen an der Reling lehnenden, eine Zigarette rauchenden, Schiffsjungen. „Somit sind wir vollzählig?" fragte ich ein wenig ungeduldig angesichts der Erwartung einer Reise in eine **schöne neue Welt**. „Noch nicht ganz. **Wir warten auf Godot**, einen Deutschen, der noch aus **Berlin, Alexanderplatz**, anreist. Und noch ein weiterer, mir persönlich nicht bekannter, Reisender fehlt noch. **Das Bildnis des Dorian Grey** habe ich zwar bei der Buchung übersendet bekommen, aber der mir Fremde ist offensichtlich noch nicht hier. Ich habe ihn bis jetzt noch nicht ausmachen können." „Ich mache mir nur ein wenig Sorge um einen guten Start in unsere Reise ..." erwiderte ich „denn die **Wolken am Horizont** zeigen ja dunkle **50 shades of grey!**" „In der Tat!" gab mir der Kapitän mit einem leicht sorgenvollen Blick recht. „Laut Wetterbericht gibt es **im Westen nichts Neues**. Aber die **Sturmhöhen** am **Zauberberg** im Norden sind bedeckt und ich hörte, es liegt auch **Schnee am Kilimandscharo**. Es kann tatsächlich passieren, dass wir beim Auslaufen ein wenig **vom Winde verweht** werden. Doch keine Angst! **Die Welle**, die dieses Schiff beschädigen kann gibt es nicht!" Er sagte dies so überzeugend, so dass in mir kein Zweifel darüber aufkam. „Gab es eigentlich sonst schon einmal gefährliche Momente bei Ihren Reisen in all den Jahren?" „Nun ... **1984** gab es tatsächlich einmal einen kritischen Moment" begann der Kapitän mit leichtem Stirnrunzeln zu erzählen und er kniff dabei ein wenig seine Augen zusammen, was seinem Gesicht einen noch ernsteren Ausdruck verlieh. „Wir hatten während einer Weltumsegelung schon die ganze Zeit den Eindruck, dass uns jemand folgen würde. Eines Tages, **morgens um sieben ist die Welt noch in Ordnung** gewesen. Doch dann tauchte **das Böse unter der Sonne,** gleichzeitig mit dem Sonnenaufgang, aus den Tiefen des Meeres, auf. Es war ein U-Boot, das uns **20.000 Meilen unter dem Meer** gefolgt war. **Die Räuber** darauf versuchten unser Boot zu entern, aber ein glücklicher Zufall wollte es, dass **Sindbad der Seefahrer** sich gerade näherte, um mit uns Waren auszutauschen. Gemeinsam mit ihm konnten meine Männer und ich die Bande ins Meer werfen, wo schon die Haie auf sie warteten. Zu ihrem Schiff zurück konnten sie nicht. **Der Idiot** von Kapitän hatte vergessen, es mit Leinen an meinem Schiff festzumachen und so war es zu weit abgetrieben. Es war fast eine **göttliche Komödie**, als diese Verbrecher um Hilfe riefen, aber keine erhielten. Denn **jeder stirbt für sich allein** und diese Mörder hatten es nicht besser verdient! Lediglich mein erster Maat, ein fleißiger junger Bursche, wurde bei dieser Aktion verletzt, aber **die Leiden des jungen Werthers** wurden vom Schiffsarzt rasch gestillt! Somit hatten wir nicht den **Tod eines Handlungsreisenden** zu beklagen." Bei diesen Worten hellte sich die Miene des Kapitäns und er begann ein wenig zu grinsen, wohl auch deshalb, weil offensichtlich unsere letzten Begleiter eingetroffen waren und er den Befehl zum Auslaufen geben konnte. **Auf der Suche nach der verlorenen Zeit** wurden zur Unterstützung des noch lauen Windes in den Segeln die Dieselaggregate angeworfen. Auf meine Frage, ob wir noch irgendwo länger Halt machen würden, meinte unser Schiffsführer: „**Nana**, erst wieder auf einem Eiland in einer Woche. Dort holen wir **Iphigenie auf Tauris** ab!" und mit einem verstohlenen Blick und leicht flüsternd fügte er noch hinzu „Denn es gibt tatsächlich nicht nur das Volk der Taurer ..., sondern auch eine solche **geheimnisvolle Insel**. Die ist laut Legende früher **die Schatzinsel** für viele Piraten gewesen ... nur, niemand von denen, welche die Insel heute überhaupt kennen, hat je auch nur eine Dublone gefunden ... aber wer weiß ...?!" Somit begann für mich eine spannende **Reise ans Ende der Nacht**. Doch zunächst ging ich einmal unter Deck, dem verführerischen Duft eines, auf diesem Schiff einzigartigen, Parfums folgend.

---

*Der geborene Wiener **Roman Ofner** ist seit 21 Jahren beim BMLVS, seit sieben Jahren beim Klangforum Wien als LKW-Fahrer und zusätzlich seit 2002 als selbstständiger KFZ-Händler tätig. Als Freund individueller Lösungen und nutzlosem Wissen beschloss er vor drei Jahren gemeinsam mit einer langjährigen Freundin die Abendschule zu absolvieren, ein Projekt, das er fast abgeschlossen hat.*

Die Unsichtbare

Michael Sammt

„Schon wieder so schwül", dachte sich Martha, die 57 Jahre alt war, an einem heißen Sommertag im Juli. Sie saß in einem Café in Guntramsdorf. Das Café gab es schon seit Anfang der fünfziger Jahre. Es hat eine lange Familientradition hinter sich. Es wurde in den Nachkriegszeiten von den Lobingers zum Caféhaus umgewidmet. Das weitläufige Gelände war früher eine Brauerei, die aber später zugesperrt wurde. Martha war, wie so oft, der einzige Gast, sie ging öfters in das Café, wenn sie nicht wusste, was sie mit ihrer freien Zeit anfangen sollte. Martha war schon seit knapp zwei Jahren arbeitslos. Sie wurde in Zeiten der Wirtschaftskrise von einer Schneiderei gekündigt. „Willst du noch einen?", fragte Bianca, die halbherzigfreundliche Kellnerin und jüngste der Lobinger Töchter Martha, mit einem Zwinkern nach dem bereits vierten Cafe am heutigen Tage. Martha hasste diese elend langen Sommertage. Die Menschen waren entweder alle in den Ferien oder irgendwo im Freien. Martha hatte weder Familie noch Freunde. Sie wurde unmittelbar nach der Geburt in ein Kinderheim gesteckt und wuchs dort bis nach ihrer Lehrzeit zur Schneiderin auf. In ihrer kleinen Zweizimmerwohnung am Rande von Guntramsdorf war es heißer als im Freien, daher flüchtete sie sich in das Café, wo zumindest eine Klimaanlage installiert war. „Suche fleißige, ältere Frau für privaten Haushalt, gute Bezahlung" las sie im neuesten Tagesanzeiger. Martha las ständig die Jobanzeigen. Im

Grunde war Martha eine einsame Frau. Sie war weder reich, noch besonders kommunikativ. „Da sucht jemand eine ältere Schneiderin – wie selten", dachte sich Martha mit neugieriger Miene. Martha fühlte sich angesprochen. Sie notierte sich sicherheitshalber die Telefonnummer. Am frühen Nachmittag verließ Martha das Lobinger und ging noch Einkaufen. Zu Hause angelangt, es war immer noch drückend heiß, legte sie sich erstmals hin. Als sie aufwachte, hatte das Wetter umgeschlagen, es war plötzlich regnerisch-windig, man hörte dumpfe Gewitterwolken über dem Himmel. Martha war plötzlich bitterkalt, daher ging sie zu ihrem kleinen Eichholztischchen und brühte sich mit ihrem Kessel einen Tee auf. Während der Tee kochte, fiel ihr plötzlich wieder diese Anzeige von heute Vormittag ein. Sie begann nachzudenken. Suchte hier etwa ein wohl gesitteter Mann eine Affäre mit einer anderen Frau? Oder ging es hier um einfache Haushaltstätigkeiten? Martha war nicht mehr zu halten. Sie wollte nun unbedingt wissen, worum es sich genau handle. So wählte sie die notierte Telefonnummer, die sie auf einem zusammengerollten Papier aufgeschrieben hatte. Nach kurzer Zeit meldete sich ein Herr mit düsterer Stimme. „Guten Tag", was kann ich für Sie tun?" „Grüß Gott, Martha Kinzl, ich habe Ihre Anzeige gelesen, sagte die nervöse Frau. „Ja, ich habe auf Ihren Anruf bereits gewartet, kommen Sie doch gleich morgen früh vorbei, Neuhofer Straße 5, ich erwarte Sie freudigst. Auf Wiederhören". „Aber", wollte Martha sagen, da war aber bereits das Beendigungszeichen des Telefons zu hören. „Ein komischer Vogel", dachte sich Martha, die hier nicht so recht wusste, was das alles soll. Sie wollte doch, neugierig wie sie ist, nur wissen, um welche Tätigkeiten es sich hier handle. Martha konnte keine Fragen stellen, so beschloss sie tatsächlich morgen mit der Badner Bahn in den anderen Ortsteil von Guntramsdorf zu fahren. Martha verbrachte den Rest des Abends mit Lesen und Fernsehen. Der nächste Tag war angebrochen. Martha war bereits früh wach, um rechtzeitig zu ihrem Vorstellungsgespräch zu kommen. Sie schminkte sich sogar, was sie sehr selten tat. Wofür auch? Sie hatte schon seit über einem Jahr kein Vorstellungsgespräch mehr. Ihr Beruf war heutzutage nur noch selten gesucht und für eine Umschulung war sie zu alt. Mit einem Gefühl der Nervosität fuhr sie um halb neun auf die angegebene Adresse. Mit langsamen Schritten näherte sie sich dem hellgelben großen Haus, mit den vielen Thujen im Vorgarten, von außen schien es leer zu sein. Ein Blick in das obere Fenster des Dachgeschoßes ließ aber Licht hervorblinzeln. Martha läutete an der Eingangstüre. Laute Schritte waren zu hören, Marthas Puls ging in die Höhe, es öffnete ein gut gekleideter älterer Mann die Türe: „Hallo, sind Sie Martha Kinzl?", fragte er und bittet sie anschließend in sein Haus. Martha durfte sich auf einen rostbraunen Stuhl im Wohnzimmertrakt setzen. Die erstaunte Frau sah sich um. Rechts vom Esstisch war ein altes Familienfoto mit zwei Kindern und zwei Erwachsenen. Das Haus hat 300 m² Wohnfläche und nochmal 1000 m² Garten. Es war mit modernsten Echtholzmöbeln eingerichtet, es war schlichtweg klassisch und nach Marthas Geschmack. „Nun, um welche

Art von Tätigkeit handelt es sich?" wollte die neugierige Martha wissen. Der ältere Herr bat noch um einen kurzen Moment und ging in den Küchentrakt. Er holte einen Kaffee für Martha. „Woher wissen Sie, dass ich gerne Kaffee trinke?", wollte die erstaunte Frau wissen. „Ich weiß sehr viel über dich Martha Kinzl, ich habe dich schon eine Zeitlang beobachtet". „Wie bitte?", wollte die erstaunte Frau wissen. „Du bist eine wunderschöne Frau geworden, komm in mein Haus, ich bin wohl gesittet und genauso einsam wie du", entgegnete der Mann. „Skandalös! Sie haben mich beobachtet und baten mich in Ihr Haus?". „Ich kann ohne dich nicht mehr sein". „Ich gehe jetzt besser", so sprang Martha auf und eilte zur Türe. Keine paar Sekunden später verspürte sie einen stechenden Schmerz in der Brust. Martha war gestolpert und fiel in eine Skulptur, die einem Storch ähnelte. Die Skulptur hatte einen großen, spitzen Schnabel. Martha war direkt in die Spitze gefallen. Sie verstarb noch im Haus in der Blutlache. Keine zehn Minuten später war der Notdienst, der nur mehr den Tod von Martha Kinzl feststellen konnte, vor Ort sowie zwei Polizisten. Der geschockte ältere Mann fasste kaum Worte. Einer der Polizisten sah sich im Haus um und entdeckte das ältere Bild oberhalb des Esstisches und fragte den älteren Mann: „Ist das Ihre Tochter?", worauf dieser auf die Tote starrte und zusammenbrach.

Michael Sammt *ist 29 Jahre alt und besucht derzeit das Fernstudium des Abendgymnasiums Wien. Er liebt Sprachen und wird in einem Jahr zur Matura antreten.*

Magenta und Grün

Tabea Söregi

Resigniert schaute ich den Menschen zu, die ohne mich eines Blickes zu würdigen, an mir vorüberzogen. Als wieder einmal jemand vor mir stand, versuchte ich ein kleines bisschen vor zu rutschen. Konnte ja nicht schaden, hervorzustechen. Seine fettigen Haare hatten die gleiche Farbe wie seine Augenbrauen. Wenn ich etwas seltsam an der menschlichen Anatomie fand, dann Haare. Wieso wuchs es nur an bestimmten Körperstellen? Warum war der Bereich über den Augen so wichtig, dass er bedeckt werden musste und wieso rasierten sich manche Menschen ihre Augenbrauen ab, nur um sie dann wieder aufzumalen? Angestrengt versuchte ich, nicht auf sein Gesicht zu starren, doch meine Augen wanderten immer wieder zu ihm zurück. Hoffentlich bemerkte er nicht, dass ich ihn so ungeniert musterte.

Nun schaute er aus dem Fenster der Bücherei. Er schien nachzudenken. Mit einem Seufzen wandte er sich wieder zum Bücherregal und hob seine Hand. Sie kam näher und näher. Erschrocken bemerkte ich, dass seine Hand direkt auf mich zusteuerte. Wollte er wirklich mich lesen? Mich alten, adipösen Wälzer? Meine Seiten flatterten und vor Aufregung blätterte er ein wenig meinen Schriftzug ab. Wie peinlich. Ich überlegte mir, noch schnell meine Eselsohren zu glätten, doch er hatte sich schon für mich entschieden. Nichts konnte mich jetzt noch aufhalten. Stolz streckte ich meinen

Bücherrücken hervor und schnüffelte an mir. Wenn ein Parfum nach mir benannt würde, hieße es *Vieux Livre No.5*. Menschen lieben altriechende Bücher. Warum auch immer. Alte Menschen riechen jedenfalls eindeutig nicht gut. Nie hätte ein Buch an alten Menschen herumgeschnüffelt, doch ich sah immer wieder Menschen, die ihre Nase tief in die Seiten eines Buches steckten.

Nie wieder würde „*Harry Potter und der Stein der Weisen*" mich verarschen! Wenigstens wurde ich nicht von kleinen Kindern zerstört und hatte auf jeder einzelnen Seite Schokolade-Flecken. Mich borgten zivilisierte, kultivierte Menschen aus.

Die Hand kam immer näher. Es war so weit. Wie lange war es her, dass jemand zärtlich über meinen Buchrücken streichelte? Monate? Jahre? Ich schloss meine Augen, wartete auf die kommende Entzückung und spürte ein kleines Holpern. Nichts passierte. Verwirrt schaute ich mich um. Mein Standort war derselbe, nur das Buch neben mir war weg.

Wer war so verzweifelt und borgte sich „*Freunde finden für Dummies*" aus? Ich redete mir ein, dass es so besser wäre. Wahrscheinlich gehörte er zu der Sorte Mensch, die Bücher mit aufs Klo nahmen und alles und jeden, Essensreste mit eingeschlossen, als Lesezeichen verwendete.

Um ehrlich zu sein, hatte ich gar keine Lust mehr, ausgeborgt zu werden. Mein Leben auf dieser Welt war abgeschlossen. Verbrennt mich, zerreißt mich, trampelt auf mir herum, es interessierte mich nicht mehr.

Ein weiterer Mensch kam vorbei. Es war nur die Bibliothekarin. So jung und schon so ausgebrannt.

„Hast du eh nicht vergessen, die Bücher auszusortieren?", rief eine Stimme der Bibliothekarin zu.

„Ich bin gerade dabei. Herr Gott nochmal!", erwiderte sie wütend und zerrte ein paar Bücher aus dem Regal. Ohne Scheu schmiss sie die Bücher auf den Boden. Viel Stil besaß sie nicht. Ihre dutzenden Piercings reflektierten die Sonne und ihre Haare waren eine Mischung aus Magenta und Grün. Eine schreckliche Mischung. Jedes Mal wenn sie ein Buch nahm, zuckte ich zusammen. Ihre Wurstfinger zerknitterten die Seiten und ihre grobe Art hinterließ irreparablen Schaden.

Ihre Hand griff ins Leere, als sie mich packen wollte. Fest drückte ich mich an das hölzerne Ende des Regals.

„Was zur Hölle?", sie schaute mich verwundert an und nahm mich in die Hand. „Was soll das? Du hast die Hälfte der Bücher ruiniert!", sagte ein Mann, während die junge Bibliothekarin mich in den Armen hielt.

„Ich denke, das muss ich dir von deinem Lehrlingsgehalt abziehen, Alex." Alex Mundwinkel fingen an zu zucken: „Ich dachte, ich soll die Bücher aussortieren? Sie wären danach sowieso auf den Müll gelandet."

„Das heißt nicht, dass du sie zerstören kannst. Ich werde den Schaden später begutachten, doch 100 bis 200 Euro wird das schon ausmachen. Mach deine Arbeit fertig. Danach kannst du Pause machen."

Der Mann drehte sich um und ging.

Alex´ Finger vergruben sich tief in meinem Einband. Ihre Hände zitterten.

Wütend hob sie mich in die Höhe und ich fing ebenfalls an zu zittern. Mein Ledereinband verhärtete sich. Doch bevor sie mich zu Boden schmiss, hielt sie inne. Ihre Körperhaltung wurde entspannter.

„Du hast auch Angst oder?", fragte Alex mich. Ja, ich habe Angst, erwiderte ich. Fest in den Armen von Alex gingen wir zum Mann von vorhin. „Hey, Arschloch!" Der Mann drehte sich perplex um. Alex sagte gelassen: „Ich kündige. Such dir einen anderen Trottel, der für dich arbeitet."

Als wir zu meinem neuen Zuhause gingen, wiegte mich Alex in ihren Armen und streichelte über meinen Buchrücken.

Tabea Söregi *ist 20 Jahre alt und wird in wenigen Wochen ihre Matura geschafft haben. Sie ist sehr sozial eingestellt und unterstützt das Projekt PROSA in jeder freien Minute.*

Meinungsrede Lesen

Moritz Wondratsch

Liebe Lehrer, Schüler und Absolventen!

Mit Büchern bin ich aus der Wirklichkeit geflohen und habe Urlaub gemacht in meiner Fantasie und allein auf Inseln. Ich habe meine Umgebung vergessen, wie so oft, um die Umgebung anderer zu erkunden. Als später aus dem Glauben Erfahrung und aus der Illusion Erlebtes wurde, bin ich durch die Zeit gegen die Entropie und in Heißluftballonen nach Panama, Venedig und um die Erde astralgereist, war eingesperrt in unsichtbaren Wänden und meine Prinzessinnen waren immer schöner als die aus Filmen.

Ich habe gesehen, wie der Ritter von der traurigen Gestalt in einer rostigen Rüstung auf seinem Ross Rosinante gegen Riesen kämpfte und danach den Zauberer verfluchte, der sie in Windmühlen verwandelt hat. Ich war dabei, als der Chirurg und spätere Kapitän einiger Schiffe, Lemuel Gulliver, in abgelegene Welten aufbrach, in denen er von Miniaturstricken gefesselt war, als Stolz und Koloss einer Miniaturarmee galt und die Prinzessin im brennenden Palast mit Urin rettete. Von diesen abgelegenen und besuchten Welten sind jedoch nur die zwei weniger sozialkritischen und satirischen bekannt, denn Gulliver fühlte sich nach der letzten Heimreise unter den Menschen nicht mehr wohl und wollte wieder mit Pferden zusammenleben.

Ich habe davon gehört, wie der Schalk Till Eulenspiegel im Mittelalter einen schmackhaften weißen Brei alleine essen konnte, indem er einen Nasenpopel hineinfallen ließ und wie er dreimal getauft wurde. Auch von Tantalos' Qualen im Tartaros hörte ich und wie Sisyphos geplant hat, die Götter auszutricksen und wie es deswegen dazu kam, dass er den Tod besiegte und kurze Zeit niemand starb und er bis heute Steine rollen muss.

In Filmen hab' ich früher immense Wissensdatenbanken erlebt. Wann wurde Descartes geboren, die Datenbanken wussten es, wann Schlegel, sie wussten es.

Was ist die willentliche Aussetzung der Ungläubigkeit im künstlerischen Kontext? In der Datenbank konnte man es nachlesen. Man hat jetzt globalen Zugriff auf das Wissen der Menschheit, seit der Antike und seit dem Wissen überhaupt, was damals, als ich die Kindergeschichten von Janosch gelesen habe, noch Zukunft war. Das Fernsehen hat den Analphabetismus nicht besiegt, wie es angeblich die Intention des Schöpfers war, aber das Fernsehen gibt den Leuten zumindest einen Miniaturwortschatz und bereitet ihnen Themen zum Austausch vor und füllt ihre Köpfe mit irgendwas, Hauptsache möglichst viel davon. Schade nur, dass die Leute in ekstatischem Schock ausbrechen, wenn etwas Schlimmes oder Trauriges passiert.

Reden ist das grundlegendste logische Mittel, das Menschen zum Austausch von Information und Gefühlen haben, wobei keiner weiß, wie Sprache entstanden ist. Bevor Literatur schriftlich war, konnten Unterhaltung und Zerstreuung nur erzählt und performt werden. Schrift und Lesen codierte diese Performances und Diskurse, um sie für die Nachwelt und für späteren Gebrauch zu speichern. Wenn man Lesen langweilig findet, findet man Reden folglich auch langweilig. Wenn man sagt, nicht alles Geredete ist langweilig, sagt man auch nicht, alles Gelesene ist langweilig.

Bücher. Trockene Gesellen. Über den Zeilenrand gefüllt mit Langeweile. Einöde, assoziiert mit Zwang und Brennbarem. Aber dem Menschen ohne Poesie wird immer ein mageres Leben beschieden sein, denn ihm fehlt der Zauber der singenden Vögel im Wald und der ewige Frühling des poetischen Geistes und zwar nicht nur auf dem Papier, sondern auch im Herz und der Sprache. Auch der unbelesene Mensch ohne Bildung wird immer eine Karikatur seiner selbst bleiben, ein Pappkamerad und Halbgebildeter, wenn er nicht weiß, was ihn interessiert, was ihm Spaß macht und wo ihm das Herz aufgeht und die Phantasie angeregt wird, wie mir bei Wikipedia, Philosophie und auch bei Daniel Kehlmann.

Vielen lieben Dank für die Aufmerksamkeit!

Moritz Wondratsch erreichte in den letzten beiden Jahren den ersten und dritten Platz beim Literaturwettbewerb des Abendgymnasiums Wien und studiert nach der absolvierten Matura des Abendgymnasiums deutsche Sprachwissenschaften und Philosophie, um Lehrer zu werden.

Nachwort

Dieser Literaturwettbewerb ist in Folge der dritte seit dem Jahr 2013. Der Titel „… und Bücher haben mich ermutigt …" wurde in unserer hochtechnisierten, schnelllebigen Zeit bewusst gewählt.

Die vorliegende Anthologie soll motivieren und anregen: Motivieren, wieder ein Buch in die Hand zu nehmen, es spüren, darin zu schmökern, aber auch nachzudenken und zu reflektieren sowie Anregen, das Gelesene weiter zu verarbeiten – in Form von Gedanken oder aber auch in Form von Worten.

Lesen ist gerade heute ein notwendiges Muss. Ein Buch zu lesen ist nicht mehr altmodisch, sondern eine Tätigkeit, die einem Prozess unterliegt, der gerade darauf zusteuert, wieder auf die Wichtigkeit und Notwendigkeit des Lesens aufmerksam zu machen.

Erstmalig wurden die Beiträge des Literaturwettbewerbs vom Abendgymnasium Wien in einem Buch veröffentlicht. Einerseits können die Autoren/innen stolz darauf sein, ihre Beiträge veröffentlicht zu wissen und andererseits sollen ebenso weitere Studierende und Absolventen/innen motiviert werden, sich im nächsten Jahr am Literaturwettbewerb des Abendgymnasiums Wien zu beteiligen.

Für die Jury war es eine Herausforderung, eine Reihung vorzunehmen. Qualitativ hochwertige Beiträge mit sprachlich interessanten und außergewöhnlichen

Stilmitteln kennzeichnen die Texte. Süffisant lächelnd, amüsiert, nachdenklich sowie traurig waren die Eindrücke beim erstmaligen Durchlesen. In Absprache aller Jurymitglieder konnte dann eine Reihung vorgenommen und ein Ergebnis erzielt werden.

Wir wünschen allen Teilnehmer/innen weiterhin viel Glück und Erfolg in ihrem kreativen Schaffen sowie alles erdenklich Gute für ihre weitere Zukunft.

Annette Glanzer-Fischer & Martina Fischl-Radakovits